AF401742

<table>
<tr><td>PERSONNAGES.</td><td>ACTEURS.</td></tr>
</table>

PERSONNAGES.	ACTEURS.
St.-Leu, jeune homme à la mode.	M. Ch. Potier.
Henriette, jeune laitière.....	Mlle Justine.
Gérard, ami de St.-Leu.......	M. Alexis.
La marquise d'Austerville..	Mme Ivernel.
Girofflée, garde-champêtre..	M. Valmont.
Mouchette, employé de la mairie.....................	M. Doche.
Un commis libraire........	M. Victor.
Un groom..................	M. Gustave, fils.
Un commissionnaire.........	M. Ludovic.
Un épicier................	M. Léon.
Un enfant de trois à cinq ans..	Le petit Renaud.
Gendarmes.	
Villageois.	
Hommes et Femmes.	

La scène se passe, au premier acte, à Paris ;

Au second acte, à Nanterre ;

Et au troisième acte, en Savoie, dans le château de la marquise d'Austerville.

Imprimerie de Chassaignon, rue Gît-le-Cœur, N° 7.

L'ANE MORT

ET

LA FEMME GUILLOTINÉE,

FOLIE-VAUDEVILLE EN TROIS ACTES.

ACTE PREMIER.

Le Théâtre représente un carrefour de Paris. — L'étalage d'une laitière à la porte d'une maison; vis-à-vis, un bel hôtel.

SCÈNE PREMIÈRE.

HENRIETTE ET SON ANE; HOMMES ET FEMMES, *venant alternativement chercher du lait et de la créme.*

HENRIETTE, *assise parmi ses pots et ses cruchons.* — *Elle lit.*
« La belle Paméla fut soudain enrichie par lord Sey-
» mour, qui lui donna des robes, des chapeaux, et... »
UNE FEMME, *tendant son poèlon.*
Deux sous de crème, la laitière.
HENRIETTE, *pose son livre devant elle, de manière à pouvoir lire en servant.*
« Et des diamans... » (*Parlant.*) Elle était bien heu-
reuse, celle-là. (*A un petit garçon.*) Tiens, petit, conduis
donc mon âne dans l'écurie de l'hôtel, tu sais...
(*On emmène l'âne dans l'hôtel.*)
UNE FEMME, *se faisant servir.*
Encore un peu; faites-moi donc la bonne mesure.
(*Elle lui donne deux sous.*)

HENRIETTE, *après avoir servi, se remettant à lire.*
« Et des diamans qui la rendaient plus belle encore. Un
» jour elle dit à Seymour : vous êtes... »

UNE FEMME.
Un pot de crême !

HENRIETTE, *le donnant, en continuant de lire.*
« Vous êtes... l'ami de mon cœur, et j'aurai toujours
» avec vous... »

UN HOMME.
Une chopine de lait !

HENRIETTE, *servant la pratique.*
Que c'est donc ennuyant d'être laitière ! on ne peut pas
lire tranquille !... Un roman si intéressant !

(*Pendant ce qui suit, il vient d'autres pratiques, qu'Henriette sert, en quittant et reprenant son livre plusieurs fois.
— Scène muette, pendant le commencement de l'air suivant.*)

SCENE II.

LES MÊMES, GÉRARD, UN COMMISSIONNAIRE.

LE COMMISSIONNAIRE, *entrant avec Gérard.*
On m'a dit de vous recommander de bien prendre vos
précautions, et que vous sauriez ce que ça veut dire.

(*Il tire une lettre de sa poche, et la remet à Gérard.*)

GÉRARD, *prenant la lettre.*
C'est bon ; ta commission est faite, tu peux t'en retourner...

LE COMMISSIONNAIRE.
En ce cas, je m'en vas.

(*Le commissionnaire sort.*)

GÉRARD, *avec mystère.*

AIR : *Gentille fiancée.*

Oui, j'en fais mon affaire ;
Epions le moment
De r'mettre à la laitière
Ce message galant.

UN HOMME , *à Henriette qui le sert.*

Votre lait n'a pas d' crême...

HENRIETTE , *reprenant son livre.*

De Paméla , je l' sens,
L'amour doit être extrême...

L'HOMME , *regardant son lait.*

J' crois qu'elle y met d' l'eau d'dans...

ENSEMBLE.

LES PRATIQUES , *sortant.*

La petite laitière
N'est pas à son affaire ;
Pourquoi fait-ell' sa fière
Et lit-elle des romans ?
C'est qu'elle a des amans.

HENRIETTE , *lisant.*

Qu'il est dur d'être laitière
Dans l'âge où l'on sait plaire !
Quand on pourrait, j'espère,
Comm' les bell's des romans ,
Avoir des diamans !

GÉRARD , *à l'écart.*

Oui, j'en fais mon affaire ;
A la petit' laitière,
Je vais, avec mystère,
Donner dans un moment
Le billet d' son amant.

SCENE III.

HENRIETTE, GÉRARD, *à l'écart.*

HENRIETTE , *se croyant seule.*

Ah ! dieu merci, les voilà partis... Ce n'est pas amusant d'être laitière... Servir tout le monde, écouter les plaintes des pratiques. (*Elle imite diverses pratiques.*) « Ah ! dites donc, laitière, faites-moi donc la bonne mesure ! — Comme il est clair, votre lait. — Mettez-moi donc un peu de crême. — Ah ! donnez-moi z'en du meilleur qu'hier, il a tourné, et mon pauv' café a été perdu ; j'ai été obligé de l' donner à mon chat... » (*Reprenant son ton naturel.*) Qui qu' ça me fait à moi, qu'elle ait donné son café à son chat ou à son chien...

AIR : *V'là c' que c'est qu' Maclou* (d'Henri IV en famille).

> C' n'est pas tout, il faut
> Après cet ouvrage,
> Sur mon ân' Charlot
> R'tourner au village ;
> J'arrive au pays
> Où ma vieille tante,
> N'est jamais contente
> Des gains de Paris ;
> Ell' me bat quand je r'viens d' Paris !...
> Dieu ! qu' ça me taquine !
> J'aim'rais mieux, ma fine,
> Au lieu de cela
> Etre Paméla !
>   Au lieu d' ça,
>   Au lieu d' ça,
> Que n' suis-j' Paméla !

GÉRARD, *à part.*

Je crois que le moment est favorable pour glisser le poulet, avançons...

HENRIETTE.

Même air.

> Si monsieur d' Saint-Leu,
> En m' parlant d' sa flamme,
> Me faisait l'aveu
> Que je s'rai sa femme,
> Quels destins plus beaux !
> Pour la pauvre Henriette !
> J'aurais d' la toilette,
> Des rob's, des chapeaux !
> Y m' donn'rait des rob's, des chapeaux !
> Un' grande parure
> M'irait j'en suis sure,
> Oh ! oui, car j'aim' ça
> Comme Paméla !
>   Oui, j'aim' ça,
>   Oui, j'aim' ça,
> Autant qu' Paméla !...

GÉRARD.

Mademoiselle Henriette, j'ai l'honneur de vous saluer.

(7)

HENRIETTE, *d'un petit air de protection.*

Ah ! c'est vous , Gérard.

GÉRARD.

Je vous apporte une lettre de mon maître.

HENRIETTE.

Comment M. de St. Leu ose encore m'écrire !... Nous
étions convenus qu'il ne m'écrirait plus ; parce qu'enfin la
décence...

GÉRARD.

Mon maître vous aime si tendrement !

HENRIETTE.

Je sais qu'il a très-bon ton.

GÉRARD.

La preuve, c'est qu'il ne vous parle de son amour...

HENRIETTE.

Qu'avec des gants blancs , et de l'eau de Cologne dans ses
cheveux. C'est une justice à lui rendre, il est très-distingué,
votre maître.

GÉRARD.

En ce cas, ne refusez donc pas son poulet.

HENRIETTE, *prenant le billet, et le fleirant.*

Tiens ! il sent bon.

GÉRARD.

Et puis, il est écrit sur papier bleu Veynen, doré sur
tranche.

HENRIETTE, *le rendant à Gérard.*

C'est égal, je veux lui rendre... (*Le reprenant.*) Ah! ce-
pendant je veux le lire, je lui rendrai après... (*Haut, à
elle-même.*) Je le lirai avec la cuisinière du banquier, qui
demeure dans cet hôtel... Ça me fait penser qu'il faut que
je lui reporte le roman qu'elle m'a prêté... Cette Paméla
qui finit par épouser son milord anglais.

GÉRARD.

Voilà comme vous finirez avec M. de St.-Leu.

HENRIETTE, *riant.*

Oui, je t'en souhaite !... C'est pas l'embarras , je ne de-
manderais pas mieux, moi... mais.... (*Prenant le livre,
et se disposant à entrer dans l'hôtel.*) Allons toujours reporter ce livre... Ah! monsieur Gérard , voulez-vous me faire
le plaisir de donner un coup d'œil à ma boutique, le temps
que je vas aller à l'hôtel ?

GÉRARD.

Volontiers, Mademoiselle.

HENRIETTE, *sortant.*

En même temps, je verrai ce que fait mon âne, mon pauvre Charlot.

GÉRARD.

Ah! votre âne est là ?   (*Il désigne l'hôtel.*)

HENRIETTE.

Oui, on lui fait une petite place dans l'écurie, à côté du cheval du banquier. Oh! il n'est pas fier, le cheval du banquier... Je reviens tout de suite.

GÉRARD.

Ça suffit, Mademoiselle.

(*Henriette entre dans l'hôtel.*)

SCÈNE IV.

GÉRARD, *ensuite* ST.-LEU, AVEC UN PETIT GROOM.

(St.-Leu est habillé très-élégamment, une grosse chaîne d'or, un lorgnon en diamans, des gants blancs, etc. — Mais il a avec tout cela des manières communes, et un mauvais ton comique.)

GÉRARD, *regardant sortir Henriette.*

Pauvre petite, encore une de...

ST.-LEU, *entrant avec son Groom, qui tient un bouquet.*

Donne vîte, donne vite... (*Le Groom lui donne plusieurs lettres et billets.*) C'est bon !... A présent, va vîte mettre Cocotte au cabriolet.

LE GROOM.

Ah! j'oubliais... Voici encore un billet, c'est de la petite Anaïs.   (*Il le lui donne.*)

ST.-LEU, *le prenant d'abord.*

Ah! parbleu, ça m'est bien égal... Celui-là, je t'en fais cadeau. (*Le lui rendant.*) Tiens, tu t'amuseras à lire ça en gardant le cabriolet; ça t'apprendra à former ton style.

LE GROOM.

Et puis voici le bouquet que Monsieur m'a dit de faire faire.

ST.-LEU, *prenant le bouquet.*

C'est bon.   (*Le Groom sort.*)

SCENE V.

St.-LEU , GÉRARD.

GÉRARD.

Heureux coquin ! quel beau rêve tu as fait.

ST.-LEU, *posant le bouquet sur un des pots d'Henriette.*

C'est vrai, j'ai fait un rêve superbe ; mais je ne suis pas un coquin.

GÉRARD.

Ah! je ne prétends pas attaquer ta probité.

ST.-LEU.

Tu m'appelles heureux coquin.

GÉRARD.

C'est une manière de dire, qu'après avoir été comme moi un pauvre diable...

ST.-LEU.

C'est pourtant vrai ; nous avons été pauvres diables ensemble !

GÉRARD.

Tous les deux petits industriels.

ST.-LEU, *riant.*

Tous les deux marchands de peaux de lapins!... (*Riant plus fort.*) raccommodeurs de fayence!... (*Imitant les marchands des rues.*) Marchand de peaux de lapins! raccommodeur de fayence!... Qu'est - ce qu'a du verre cassé à vendre? (*Riant aux éclats.*) Ah! ah! ah! ah!

GÉRARD.

Ce qui me fait plaisir en toi, c'est qu'avec ta fortune, tu ne rougis pas de ton premier état,

ST.-LEU.

Moi, rougir? pas si bête!... Mon premier état n'était-il pas celui de mon père? de ce bon père Leuleu!... Car dans ce temps-là il s'appelait Leuleu.

GÉRARD.

Et toi, le petit Leuleu.

ST.-LEU.

D'où j'ai fait M. de St.-Leu, parce que c'est plus distingué.

GÉRARD.

Tu vois bien que tu as de la vanité.

ST.-LEU.

J'ai de la vanité, parce qu'il faut toujours en avoir un
peu ; mais je ne suis pas orgueilleux, au point d'oublier
ce que mon père a été... (*Riant.*) Ah dieu ! mon pauvre
père ! qu'est millionnaire !... Quand je pense qu'il y a une
quinzaine d'années, il me faisait trotter avec lui dans les
rues de Paris, en criant... (*Riant.*) Ah ! ah ! c'était drôle,
quoique ça !...

AIR : *Quand nous y vivions ensemble..*

Sur son dos, dans un sac rustique,
Il portait en allant et v'nant
Sa marchandise et sa fabrique,
Faisant son commerce en plein vent.
Industriel, économe,
Mettant d' côté sou sur sou,
P'tit à p'tit il eût une somme,
Pour lui c'était le Pérou !...
Un jour, ayant assez d'avance,
D' fayencier il achète un fond ;
Du racommodeur de fayence
C'était la seule ambition !
Nous débitions à toute heure
Verres, bouteilles, bocaux,
Pot-à-l'eau, puis pot-à-beurre,
Pots de ch..... et mille autres pots.
De tout's parts la pratique donne,
Fallait voir not' commerce briller,
On eût dit qu' Plutus en personne
S'était fait marchand fayencier.
Voyant qu' son étoile est sûre,
Mon père, plus entreprenant,
Elève un' manufacture,
Et fait le commerce en grand !...
Voilà comme par un négoce,
Commencé bien petit, bien bas,
Il finit par rouler carosse,
Et certes, je n'en rougis pas ;
Ne vaut-il pas mieux, de grâce,
Que d' son bien qui s'ra mon lot,
L'origine soit bien basse,
Et que l' montant soit bien haut !
Oui, quand par un' chance peu commune,
Mon bon père a su s'enrichir,
Moi, par égard pour sa fortune,
J' dois la manger sans en rougir !

GÉRARD.

Non-seulement tu n'es pas humilié de ta misère passée ,
mais ce qui est encore plus rare , tu conserves tes amis de
ce temps là.

ST.-LEU.

Du moins j'en conserve un , et c'est toi; toi qui fus jadis
mon compagnon d'infortune , et qui es toujours mon ami.

GÉRARD.

Oui, tu m'as fait ton domestique.

ST.-LEU.

C'est ça, tu es un ami domestique, qui ne m'as pas aban-
donné un seul instant depuis que je suis riche.

GÉRARD.

J'en suis incapable!... Entre nous, c'est à la vie, à la
mort!... Ton père est millionnaire !

ST.-LEU.

A propos , as-tu remis mon billet à la petite laitière ?

GÉRARD.

Oui, mai j'ai eu de la peine , elle a fait des difficultés pour
le prendre.

ST.-LEU.

Ah! dame, c'est que mon Henriette est une fille à principes... Par bonheur pour moi, la petite est coquette , un
peu vaniteuse, et elle lit des romans.

GÉRARD.

C'est vrai, car dans ce moment elle est allée en reporter
un dans cet hôtel.

ST.-LEU.

Je sais à qui; à une cuisinière, qui est abonnée au cabi-
net de lecture du coin.

GÉRARD.

Dont voici, par parenthèse, le commis, qui m'a tout
l'air de porter de nouvelle pâture à sa lectrice.

SCÈNE VI.

LES MÊMES, UN COMMIS-LIBRAIRE, *portant des*
volumes.

ST.-LEU , *à Gérard.*

Ne dis rien, je veux l'interrroger... Comme ses livres
passeront des mains du cordon bleu dans celles de la laitiè-

re, je ne serais pas fâché de savoir... (*Au Commis qui se dirige du côté de l'hôtel.*) Pardon, monsieur le libraire, un mot... Sont-ce des ouvrages modernes que vous portez-là ?...

LE COMMIS.

Oui, Monsieur, tout ce qu'il y a de plus moderne ; voyez...

(*Il présente successivement plusieurs volumes.*)

ST.-LEU, *lisant chaque titre.*

Paul et Virginie... Robinson-Crusoé... Lolote et Fanfan... (*Parlé.*) Pauvre Lolote !... Est-elle rococote... (*Lisant un autre titre.*) *Werther !...* (*Parlé.*) Est-il encore rococo, celui-là ?... C'est ça que vous appelez ce qu'il y a de plus moderne ?

LE COMMIS.

Voilà quelque chose de plus nouveau, c'est du romantique. (*Il lui présente un livre.*)

ST.-LEU, *lisant le titre.*

Le Dernier Jour d'un Condamné !... (*Parlé.*) Oh ! quelle infamie ! (*Il le lui rend.*)

GÉRARD , *au Commis.*

Si c'est ainsi que vous égayez les dames...

LE COMMIS.

Ah ! tenez, Messieurs, si c'est pour des dames, voilà quelque chose... C'est encore nouveau, et c'est d'un inté-rêt doux... aimable...

(*Il lui donne un livre.*)

ST.-LEU , *lisant le titre.*

L'Ane... (*Parlé.*) L'âne... (*A Gérard, souriant d'un air aimable.*) Oui, l'âne est très-doux... (*Lisant.*) *L'Ane mort et la Femme guillotinée !...* Ah ! quelle horreur !... Et vous dites que c'est...

LE COMMIS.

D'un intérêt fort doux... fort agréable...

ST.-LEU.

Il est gentil, son intérêt doux, avec un titre comme ça : *L'Ane mort et la Femme...* Oh ! ça fait dresser les cheveux sur la tête !

LE COMMIS.

Cet ouvrage-là obtint un grand succès.

(13)

GÉRARD.

Oui, oui, il a fait fureur !

ST.-LEU.

Ce livre-là a fait fureur?... Il a fait horreur !

LE COMMIS.

Et il est encore en vogue... D'abord c'est un livre très-moral.

ST.-LEU.

S'il est moral, ça me convient... J'aime beaucoup la morale... dans lés livres.

LE COMMIS.

En ce cas, vous serez content de celui-ci.

Air du Vaudeville de Partie et Revanche.

Tout en montrant le vice et sa misère,
A la morale il sait encourager;
Son titre est comme un avis salutaire
Qui fait éviter le danger,
Son titre doit éloigner du danger.

ST.-LEU.

Du haut d' la maison qu'on raccorde,
C'est la latte dont les deux bouts
Formant un' croix qui pend après un' corde,
Sembl' vous dir' ne passez pas là-d'ssous.

GÉRARD, *au Commis.*

Combien ce livre ?

LE COMMIS.

Cinq francs.

GÉRARD, *à St.-Leu.*

Donne cinq francs.

ST.-LEU.

Puisque tu es mon domestique, tu ne dois pas me commander.

GÉRARD.

C'est égal, faut que tu donnes cinq francs.

ST.-LUC.

C'est juste. (*Au Commis.*) Voilà.   (*Il paie.*)

LE COMMIS.

C'est cela même .. Messieurs, j'ai bien l'honneur de vous saluer... Quand il vous faudra autre chose...

(*Il entre dans l'hôtel.*)

SCENE VII.

St.-LEU, GÉRARD.

ST.-LEU, *serrant le livre dans sa poche.*
Je lirai ça dans le paquebot, pour charmer le passage du détroit.

GÉRARD.
Tu es toujours décidé à aller à Londres?

ST.-LEU.
Mon père veut absolument que je fasse un petit voyage en Angleterre.

GÉRARD.
Et tu comptes partir...?

ST.-LEU.
Aujourd'hui même, avec ma petite laitière... Tout est prêt.

GÉRARD.
Tu l'aimes donc bien, ta laitière?

ST.-LEU.
Oh! je t'en réponds!... Elle est si innocente!... Tu sais que j'aime les innocentes, de passion!

GÉRARD.
Elle a consenti à te suivre?

ST.-LEU.
Pas encore tout-à-fait, mais je vais employer les grands moyens.... L'amour, le désespoir, le... la... Enfin tout ce qui me passera par la tête, et elle ne résistera pas.

GÉRARD.
La voilà qui vient.

ST.-LEU.
Laisse-moi seul avec elle... Va trouver mon groom, et aide-le à faire les préparatifs du départ.

GÉRARD.
C'est dit, je te laisse.   (*Il sort.*)

SCÈNE VIII.

St.-LEU, HENRIETTE, *sortant de l'hôtel.*

ST.-LEU.
Ayons l'air d'un homme comme il faut... (*Il va prendre*

le bouquet. — A Henriette.) Salut à la charmante Henriette, dont la fraîcheur fait honte à la rose, et dont la blancheur éclipse celle de son lait... Je vous prie d'accepter ce bouquet...

HENRIETTE, *à elle-même, prenant le bouquet.*

Comme il est distingué!

ST.-LEU.

Avez-vous lu...?

HENRIETTE.

Ah! votre lettre? oui, je l'ai lue.

ST.-LEU.

Alors, vous savez que c'est aujourd'hui que nous partons, pour aller...

HENRIETTE.

Allons donc!

ST.-LEU.

Précisément, c'est à London... que nous irons.

HENRIETTE.

Moi! voyager avec un jeune homme!

ST.-LEU.

Pourquoi pas?

HENRIETTE.

Croyez-vous donc, parce qu'on n'est qu'une laitière, que ça empêche d'avoir des sentimens... des principes...

ST.-LEU.

A Dieu ne plaise que j'aie une semblable idée!... Les sentimens vont très-bien avec le lait, et les principes avec la crême... D'abord le lait, par lui-même, est sentimental, parce qu'il est champêtre; et naturel, quand on n'y met pas d'eau!

HENRIETTE.

Moi, quitter ainsi mon oncle, ma tante, et mon âne Charlot!...

ST.-LEU.

Vous pourriez, en partant, leur écrire une lettre bien tendre, bien touchante...

HENRIETTE.

Une lettre pour mon oncle?

ST.-LEU.

Pour votre oncle, votre tante, et... l'autre... Charlot.....

HENRIETTE.

Qu'est-ce que je leur dirais, dans cette lettre ?

ST.-LEU.

Mais d'abord, vous leur diriez tout ce que vous vou-
driez... tout ce qui vous passera par la tête... comme
par exemple... Mais tenez, voilà quelque chose de moins
vague... (*Il cherche dans sa tête.*) Hum!... Voici je crois
ce que vous pourriez leur dire... Hum!... (*Comme dic-
tant une lettre.*) « Mon cher oncle, ma chère tante, et mon
cher... l'autre... c'est avec des yeux imbibés de larmes
et une plume imbibée d'encre, que je vous écris ces lignes,
à seule fin que vous n'ignoriez pas qu'il est bon que vous
sachiez que vous devez être informés que je suis allée porter mon industrie à Londres, où il ne manque pas de lait,
ce qui fait que je reviendrai digne de vos bontés. Je vous
prie, mon cher oncle et ma chère tante, de vous embras-
ser l'un l'autre pour moi, et de ne pas oublier notre âne
Charlot, avec lequel j'ai l'honneur d'être votre soumise et
respectable nièce, HENRIETTE. »

HENRIETTE.

C'est très-bien dicté... Vous avez un joli style!

ST.-LEU.

N'est-ce pas? C'est gentil, c'est coulant.

HENRIETTE.

Oui, mais pour voyager avec vous, faut que vous soyez
mon mari.

ST.-LEU.

Est-elle innocente... Et moi qui raffolle de l'innocence!
Comme ça se trouve bien.

HENRIETTE.

Vous m'aviez dit hier, que nous nous marierions.

ST.-LEU.

Est-ce que j'ai dit ça, hier?

HENRIETTE.

Mais... Et puis je sais bien ce que j'ai lu, moi, dans des
livres.

ST.-LEU.

Voyons, Henriette, qu'avez-vous lu?

HENRIETTE.

Air du Cabaret.

La vertu d'un' fill' de mon âge
Est une fleur à conserver ;
Une fleur qui craint maint orage
Dont nous devons la préserver.
Souvent d' la fille la plus sage
L'honneur pour un rien est flétri ,
Au lieu qu'un' fois dans son ménage
C'est l'affaire de son mari.

ST.-LEU.

Ecoutez donc, Henriette, si vous me citez vos lectures ,
alors, moi, je vous citerai aussi les miennes.

HENRIETTE.

Quelles sont les vôtres ?

ST.-LEU.

J'ai lu , encore ce matin, dans le journal des modes , que
les robes de crêpe blanc ou rose , avec des guirlandes de
fleurs , sont en vogue, et qu'une jeune personne ne peut
pas se présenter en société , sans avoir un bibi de gros de
Naples moiré, et une cornaline sur le front , et un cachemire...

HENRIETTE.

Ah ! Dieu ! une cornaline ! un bibi ! une robe de crêpe !...
Je voudrais me voir avec ça !

ST.-LEU.

Il ne tient qu'à vous , Henriette.

HENRIETTE , *hésitant.*

Oh non ! je ne peux pas accepter... parce que... C'est
un cachemire français que vous me donneriez ?

ST.-LEU.

Mieux que ça... Un cachemire d'Inde !

HENRIETTE , *soupirant.*

D'Inde !

ST.-LEU.

Oui, ma poule... d'Inde ! avec un collier et des boucles
d'oreilles.

HENRIETTE.

Un collier ! des boucles d'oreilles !... Ça m'ira bien
mieux que ma petite croix d'or.

L'Ane mort.   3

ST.-LEU.
Il n'y a pas de comparaison.

HENRIETTE, *amoureusement.*
Vous ne me trompez pas, n'est-ce pas, St.-Leu ?

ST.-LEU, *jouant l'air amoureux.*
Moi, tromper mon Henriette !... il faudrait que je *soye* un misérable ! un gueux !... (*Regardant sa parure.*) Et je vous demande si j'ai l'air d'un gueux ou d'un misérable... avec du linge fin comme j'en ai... et une chaîne... et un lorgnon...

HENRIETTE.
Dites donc, ma parure à moi, vous allez me l'envoyer, Hein ?

ST.-LEU.
Non, ce ne serait pas convenable ici... Vous aurez tout ça en arrivant à Londres.

HENRIETTE.
Comment, je vas faire le voyage en laitière ?

ST.-LEU.
Oh non ! je vais vous envoyer un déguisement plus commode pour la traversée.

HENRIETTE.
Sera-t-il gentil, mon déguisement ?

ST.-LEU.
Un petit costume charmant ! qui vous ira à ravir... Je vas vous l'envoyer par Gérard, mon valet de chambre... Il vous conduira auprès de son épouse, madame Gérard, une femme très-respectable. Elle se trouvera à Nanterre ; c'est là que nous monterons en chaise de poste.

HENRIETTE.
A Nanterre ? tant mieux ; je mangerai des gâteaux en vous attendant.

ST.-LEU.
Alors je ne me ferai pas attendre, de peur que vous ne vous étouffiez.

HENRIETTE, *hésitant, en faisant l'enfant.*
Je ne sais pas... mais il me semble que... si nous remettions ça à la semaine prochaine ?

ST.-LEU.
Et nos places, qui sont retenues dans le paquebot...

HENRIETTE.

Tiens, j'irai en paquet de bottes !

ST.-LEU , *vivement.*

Mais songez donc, chère amie, comme vous allez être heureuse avec moi... car, voyons, réfléchissez... Quels sont vos plaisirs, à votre village de Vanvres ?

ST.-LEU.

Mais on s'y amuse pas mal.

ST.-LEU.

Des danses rustiques; quelle société! des paysannes en grosses robes de laine, des paysans en veste, des garçons de ferme, des moissonneurs, des malheureux tisserands; enfin des gens qui n'ont pas seulement leur loge à l'année à l'Opéra, ou leur quart de loge... S'ils avaient seulement leur quart de loge, je dirais : ils ont leur quart de loge!... Mais point du tout; ils préfèrent aller au cabaret, boire du vin à six sous le litre!... Hein, comme c'est mauvais ton!... Au lieu que nous deux, nous irons dans les maisons les plus cossues de la Cité; nous dînerons tous les jours à la taverne... Enfin la vie sera pour vous un divertissement continuel, pendant lequel vous ne cesserez de dire, en me regardant : Le voilà, ce Leu-Leu, je veux dire ce St.-Leu, à qui je dois mon bonheur, mes robes de crêpe, ma satisfaction, mes cachemires, mon avenir et mes bibis!...

HENRIETTE, *amoureusement.*

Assez, assez, charmant jeune homme... celui qui s'exprime si bien, ne peut pas être un monstre, ni un scélérat! Oui, St.-Leu! oui, délicat St.-Leu! je te confie ce que j'ai de plus cher : mon honneur! et je suis sûre que tu le respecteras !...

ST.-LEU.

Certainement!..... (*A part.*) Prends garde de le perdre!...

HENRIETTE.

Jurez... jurez...

ST.-LEU.

Comment, que je jure... c'est le fait d'un homme grossier et sans éducation. Mais j'en fais le serment! (*A part.*) Parce qu'un serment, ça se prête.

HENRIETTE.

Maintenant, je m'en vas bien vîte détaler ma boutique, mettre tous mes pots sur mon âne, et le renvoyer à Vanvres par un commissionnaire, qui se chargera en même temps de la lettre que je vas faire chez le portier.

ST.-LEU.

Très-bien imaginé!... Vous savez donc écrire?

HENRIETTE.

Je n'écris qu'en gros, mais ça se trouve bien, mon oncle ne sait lire que les grosses lettres, et ma tante ne sait pas lire du tout.

ST.-LEU.

C'est fort heureux.

SCENE XI.

LES MÊMES, UN COMMISSIONNAIRE.

HENRIETTE.

Ah! bon, voilà Jean, le commissionnaire. (*Au commissionnaire.*) Jean, voulez-vous chercher mon âne qui est là, dans l'hôtel; vous détalerez tout ça... (*Elle désigne ses pots et ses cruches.*) et puis vous reconduirez mon âne à Vanvres.

LE COMMISSIONNAIRE.

Oui, Mam'selle.   (*Il entre dans l'hôtel.*)

ST.-LEU, *au commissionnaire.*

Vous irez en vous promenant tous les deux.

HENRIETTE, *sautant de joie.*

Oh! quel bonheur! je ne serai plus laitière! Ça fait que ma tante, qui me battait toujours, ne me battra plus!... Et puis j'irai dans le beau monde..... Ah! ça sera charmant!

ST.-LEU.

Ça sera divin, ravissant et divertissant!

HENRIETTE.

AIR : *Un petit blanc que j'aime.*

Dans les bals, les spectacles,
Je brill'rai chaqu' soir!

ST.-LEU.

Je n'y vois point d'obstacles.

HENRIETTE.

Des bell's dam's, chaque soir,
Je f'rai le désespoir!...

ST.-LEU.

En équipag's commodes
Vous irez les matins
Voir, des marchand's de modes,
Les plus beaux magasins...

HENRIETTE, *joyeuse.*

(*Parlé.*) Et je pourrai acheter tout ce qui me plaira?

ST.-LEU.

Certainement! tout ce qu'il y aura de plus joli, de plus élégant; et vous aurez un petit groom, qui vous portera vos emplettes dans votre calèche ou dans votre coupé!

HENRIETTE, *sautant de joie.*

Oh! comme ça sera gentil! comme je vais être heureuse!

ENSEMBLE.

HENRIETTE, *avec joie.*

Pour un cœur féminin
Est-il un plus beau destin!

ST.-LEU, *de même.*

Pour un cœur féminin
Quel plus charmant destin!

(*Le commissionnaire amène l'âne, sur lequel il charge les pots et cruches d'Henriette.*)

ST.-LEU, *apercevant l'âne.*

Tiens, voilà Charlot... (*Il le carresse, puis il retire sa main vivement, comme si l'âne l'avait mordu.*) Oh! la! la! l'âne mord!... (*A Henriette.*) Allons, partons!

HENRIETTE.

Ah! auparavant, j'ai à faire mes adieux à quelqu'un,

ST.-LEU.

Et à qui?

HENRIETTE, *à son âne.*

AIR : *Une robe légére.*

Ta maitresse légère
S'éloigne de tes yeux ;
An' sensible et sincère
Reçois donc mes adieux !
Si chaqu' ân' qui sait braire,
M' rappell' ton attach'ment,
J' suis sure en Angleterre
D' penser à toi souvent.

(L'orchestre reprend très-vivement l'air de Petit blanc. — *Henriette embrasse son âne qu'elle ne peut quitter ; St.-Leu parvient avec peine à les séparer ; il donne un fort coup de pied à l'âne, et emmène enfin sa maitresse, qui s'éloigne en envoyant des baisers à son cher Charlot.)*

FIN DU PREMIER ACTE.

ACTE DEUXIÈME.

Le Théâtre représente le village de Nanterre. — A droite, l'extérieur d'une belle maison ; c'est celle où demeure la marquise d'Austerville.

SCÈNE PREMIÈRE.

MOUCHETTE, *seul ; il est comme en embuscade.*

Pas moyen d'en rencontrer un !... J'ai eu beau regarder dans tous les coins de la commune de Nanterre, pas plus de conspirateurs que de dessus ma main ! pas l'ombre d'un conspirateur ! et pourtant il n'en manque pas... ! A Paris, ils en trouvent plus qu'ils n'en veulent... et moi, ici, je ne peux parvenir à en rencontrer seulement la moitié d'un !... Heim ?... j'entends marcher... (*Il écoute.*) tousser... et moncher... d'aussi grand matin, c'est louche. Allons, Mouchette, en avant !... Ah ! c'est Girofflée, le garde-champêtre... faut que je m'amuse à lui faire peur.

SCÈNE II.

MOUCHETTE, GIROFFLÉE.

MOUCHETTE, *saisissant Girofflée.*
Alte-là !... Qui vive ?... qui va là ?...
GIROFFLÉE.
Eh bien, c'est moi donc !...
MOUCHETTE.
Qui, vous ?... Vous venez pour vous emparer de l'hôtel-de-ville de Nanterre !...
GIROFFLÉE.
Prenez donc garde, Monchette !... C'est moi, Girofflée, le garde-champêtre !...

MOUCHETTE.

Tiens, ce n'est que vous !... Tant pis, car je suis à l'affut...

GIROFFLÉE.

D'un lièvre ?

MOUCHETTE, *haussant les épaules.*

Et non ! je suis à l'affut d'un conspirateur.

GIROFFLÉE.

Y en a donc toujours ?

MOUCHETTE.

Parbleu ! ce serait bien malheureux s'il n'y en avait plus !... qu'est-ce que nous deviendrions, nous autres ?

GIROFFLÉE.

Et s'il ne s'en présente pas, qu'est-ce que vous ferez ?

MOUCHETTE.

Je me verrai forcé de faire comme quelqu'un de ma connaissance, d'en fabriquer.

GIROFFLÉE

Comment ! on fabrique des conspirations ?

MOUCHETTE.

On en fabrique, on en forge ; il y a mille manières de traiter le même sujet. C'est la chose du monde la plus facile... quand on a la recette.

GIROFFLÉE.

Ah ! je serais curieux de la connaître.

MOUCHETTE.

Je la tiens d'un de mes amis qui est à la Préfecture... Tenez, la voici la recette :

Air du Dîner de garçons.

Vous prenez un groupp' de jobards,
Vous y mêlez quéqu's émissaires,
Où sont infusés les trois quarts
De fines mouches, de compères ;
D' chapeaux rouges, luisans ou gris,
Vous mêlez l' tout en abondance ;
Vous battez, vous battez !... c'est pris !...
V'là comme on fabrique à Paris
Du mouv'ment et d' la résistance.

GIROFFLÉE.

Employé Mouchette, confidence pour confidence : Je

vous dirais que je viens de voir descendre à l'auberge de
la belle Madeleine... vous savez, où l'on fait les gâteaux,
et où on loge à pied et à cheval...

MOUCHETTE.

Eh bien, vous venez de voir descendre ?...

GIROFFLÉE.

Un homme.

MOUCHETTE.

Un homme !...

GIROFFLÉE.

Qui se cachait le visage. Vous qui cherchez des conspirateurs, voyez si ça ne pourrait pas faire votre affaire...
Il se cachait la figure...

MOUCHETTE.

Ma foi, j'aurais bien du malheur si je n'en faisais pas un
avec ça ! Voyons, comment est-il, cet homme ?

GIROFFLÉE.

Dame... il est... voilà.

MOUCHETTE.

Quel est son costume ?

GIROFFLÉE.

Son costume ?... Je crois que je n'y ai pas fait attention, parce que, voyez-vous, ce n'est pas ma partie, à
moi ; il n'était pas dans les blés, cet homme... Ah ! s'il
avait été dans les blés... ça rentrait dans mes attributions,
vu qu'en ma qualité de garde-champêtre, je suis naturellement le conservateur des mœurs publiques de la commune.

MOUCHETTE.

Ah ! oui, surtout le dimanche...

GIROFFLÉE.

Dame ! c'est clair, je suis chargé de surveiller ceux qui
foulent un peu trop l'herbe de la prairie ; ces ennemis im-
placables de nos bleuets, et autres fleurs des champs...
Dieu ! en ont-ils applati c't' année, d' ces pauvres fleurs
des champs !... J' parie que le dixième de la récolte y a
passé !

MOUCHETTE.

Il semblerait à l'entendre qu'il n'y a plus de mœurs au
village.

GIROFFLÉE.

Ah ! c'est que les filles de Nanterre sont joliment sujettes
à caution.

MOUCHETTE.

Air du Calife.

N' dirait-on pas que d' ce village ,
Tout devoir étant méconnu ,
Nos jeunes filles ont pour usage
De fouler aux pieds la vertu !

GIROFFLÉE , *tirant de sa poche un paquet d'épis et de coquelicots applattis.*

J'ignor' si les fill's de Nanterre
Foulent aux pieds la vertu , mais j'espère
Qu'elles ont diantrement foulé
Les coqu'licots et l' zépis d' blé !

MOUCHETTE.

Peste !...

GIROFFLÉE.

Je ne dis pas qu'elles les mettent toutes dans cet état là , mais en attendant, je vais toujours faire ma plainte à madame la marquise d'Austerville.

MOUCHETTE.

Ah ! ça , il paraît que cette marquise d'Austerville est comme qui dirait le magistrat ou le juge-de-paix du lieu.

GIROFFLÉE.

Oh ! non, pas précisément !... Mais comme c'est une femme très-pieuse , très-sage, et qui joint à l'austérité de ses mœurs une fortune qui lui donne une grande considésation , il s'en suit que l'autorité s'en rapporte à elle pour concilier les plaintes qui ont pour objet la morale , les mœurs , etc., etc.

(*On entend la ritournelle du chœur suivant.*)

MOUCHETTE.

Qu'est-ce que c'est que ça ?

GIROFFLÉE , *qui a été voir.*

Réjouissez-vous, employé Mouchette, c'est votre conspirateur que vos gendarmes viennent d'arrêter.

MOUCHETTE.

Ah ! tant mieux.

SCÈNE III.

Les mêmes, HENRIETTE, Gendarmes, Peuple.

CHŒUR.

Air du Gentilhomme de la chambre.

Enfin, nous le tenons
Cet ennemi de la patrie!
Enfin, nous le tenons!...
A la mairie
Nous l'amenons.

MOUCHETTE.

J'ouvre mon audience.
Allons, il faut que l'étranger
Auprès de moi s'avance,
Je vais l'interroger.

TOUS.

Enfin, nous le tenons, etc.

(*On amène Henriette; elle est travestie en groom; elle a une casquette qui lui cache la moitié de la figure, et une grosse cravate
de laine qui lui cache le reste de la physionomie.*)

MOUCHETTE.

Allons, avance... Girofflée, donnez-moi de l'encre,
des plumes et du papier, que je dresse mon procès-verbal.
(*Regardant Henriette.*) Ah! ah! il se cache le visage...
Montrez donc votre figure, qu'on puisse prendre votre
signalement.

(*Henriette ôte sa cravate de laine et lève sa casquette.*)

LES JEUNES FILLES, *enchantées.*
Ah! c'est un jeune homme!...
MOUCHETTE.
C'est un scélérat... puisqu'il conspire.
HENRIETTE, *à part.*
Ah! mon dieu! j'ai oublié un des deux mots anglais que
St.-Leu m'a donnés.
MOUCHETTE.
Scélérat, comment t'appelles-tu?
HENRIETTE.
Yès.

MOUCHETTE.

Ah! tu t'appelles *Yès*... (*Il écrit.*) « Ce jourd'hui,
» nous avons fait arrêter le nommé *Yès*... » De quel pays
viens-tu ?

HENRIETTE.

Yès.

MOUCHETTE, *écrivant.*

« Du pays d'*Yès*... allant à... » (*A Henriette.*) Où
allais-tu ?

HENRIETTE.

Yès.

MOUCHETTE.

Heim ?... Ah! ça, mais il n'en sortira donc pas de ses
Yès... Te mocquerais-tu de l'autorité ?

HENRIETTE.

Yès !

GIROFFLÉE.

Employé Mouchette, si j'osais hasarder une périphrase
incisive, je dirais que j'ai dans l'idée qu'il fait l'Anglais et
qu'il ne l'est pas.

MOUCHETTE.

Comment vérifier le fait?

UN ÉPICIER.

Attendez , attendez... En ma qualité d'épicier, j'ai
acheté ce matin du papier à la livre dans lequel il se trouve
une romance anglaise... J' vas la chercher.

(*Il sort et revient tout de suite avec la romance.*)

GIROFFLÉE, *à Mouchette.*

Savez-vous bien que l'épicier Ledru est un homme pré-
cieux pour la commune... On trouve chez lui tout ce qu'il
y a de plus nouveau en cassonnade, en musique, en beurre
salé , en romans, en canelle, en drames et en clous de
giroffles...

L'ÉPICIER, *apportant la musique qu'il remet à Mouchette.*

Voilà! voilà!...

MOUCHETTE.

Savez-vous l'Anglais, père Ledru?

L'ÉPICIER.

Moi?... et pourquoi faire?

HENRIETTE, *à part.*

Bon!...

MOUCHETTE, *à Henriett*.

Nous allons voir, jeune homme, comment tu vas te tirer de là. (*Lui donnant la musique.*) Prends et chante.

HENRIETTE, *prenant le papier de musique.*

Yès!... (*A part en riant.*) Du moment qu'ils ne savent pas l'Anglais, j' vas leur en chanter.

Air anglais du Comédien d'Etampe.

Should auld acquitance by forgo!
And never brought to mind ,
Schould auld acquitauce by forgot
And days of lang syne ,
For auld lang syne.
Mi dear, forauld lang syne.
Co' eff tack a cap o' kind. Nessy et
Dor auld lang syne.

Aud' sure ly co' eff be-your
Peint-stoup as sure astll be mine ,
And co' eff tack a right guid
Co' elli e' Waught
For auld lang syne.
Mi dear , far auld lang syne.
Co' efftak a cap o' kind-nessy et
For auld lang syne.

MOUCHETTE.

Il n'y a plus à en douter, c'est un véritable Anglais, ce qui n'empêche pas qu'il soit suspect, au contraire !... En conséquence, après que nous aurons clos notre procès-verbal, disons que le nommé *Yès* va être conduit à la mairie de Nanterre , d'où il partira, sous bonne escorte, pour la Préfecture de police, à Paris...

HENRIETTE, *vivement avec effroi.*

A la Préfecture de police !...

TOUS, *étonnés.*

Ah! il parle français !...

MOUCHETTE.

Comment, il parle français maintenant... Il n'y a plus de doute, c'est un conspirateur!... Emmenez-le, gen-darmes !...   (*Il écrit toujours.*)

GIROFFLÉE, *qui a été voir.*

Ah! voici madame la marquise d'Austerville qui revient de la promenade...

TOUS.

Madame la marquise!... Ah! quel bonheur!...

SCÈNE IV.

LES MÊMES, LA MARQUISE D'AUSTERVILLE, *suivie d'un domestique.*

TOUS, *excepté Mouchette qui écrit.*

Air de Michel et Christine.

Le jeune homme est sauvé!...
Salut, madame la marquise.

LA MARQUISE.

Quel objet de surprise!
Ici qu'est-il donc arrivé?

HENRIETTE.

Ayez pitié de moi, Madame!
A vous seul' j' voudrais confier...

MOUCHETTE.

C'est un conspirateur infâme!
Un Anglais, il faut s'en défier.
Allons, en rout', monsieur le téméraire!...

HENRIETTE.

Un p'tit moment...

MOUCHETTE.

Ça, partons, je le veux!

HENRIETTE.

Non, j'ai d'abord, à madame, en ces lieux,
Des révélations à faire!...

MOUCHETTE.

Des révélations!... Oh! alors, c'est différent.

LA MARQUISE, *à Henriette.*

Je ne sais, Monsieur, si je puis... si je dois... les convenances...

HENRIETTE.

Oh! vous n'avez rien à craindre. Permettez...

(*Elle parle bas à l'oreille de la marquise.*)

LA MARQUISE.

Serait-il possible!... Ah! c'est singulier... (*A Mou-chette.*) Vous pouvez vous retirer, je réponds de... de Monsieur.

MOUCHETTE.

Songez, Madame, que c'est un ennemi déclaré du pays.

LA MARQUISE.

Oui, oui... il n'y a nulle inquiétude à avoir... Retirez-vous, retirez-vous.

TOUS , *en sortant.*

Reprise du chœur.

Le jeune homm' vient d' parler
A l'oreille de la marquise...
Quel objet de surprise!...
Que va-t-il donc lui réveler?

(*Tout le monde sort , excepté Henriette et la marquise.*)

SCÈNE V.

LA MARQUISE D'AUSTERVILLE, HENRIETTE.

LA MARQUISE.

Quoi, mon enfant, ce que vous venez de me dire serait vrai, vous n'êtes point un jeune homme?

HENRIETTE.

Ni un conspirateur ! pas plus l'un que l'autre.

LA MARQUISE.

Vous êtes demoiselle?

HENRIETTE.

Oui... jusqu'à présent. Voici en deux mots mon his-toire...

LA MARQUISE.

Je vous écoute.

HENRIETTE.

Je me nomme Henriette Mullot; je suis du village de Vanvres, près Paris, où depuis trois mois j'apportais le

lait de nos vaches, qui faisait les délices de la Croix-Rouge
et de la rue du Cherche-Midi. En voyant les jolies toi-
lettes des jeunes filles, je m'en retournais bien humiliée de
mon jupon de laine à raies, de mon bonnet rond et de mes
bas bleus, lorsqu'un jour, en rentrant au pays, j'apprends
que la petite Lise, mon ami d'enfance, pauvre villageoise
comme moi, était tout-à-coup devenue une grande dame...

LA MARQUISE.

Et cela vous donna envie de le devenir aussi ?

HENRIETTE.

Précisément. Voilà la chose...

Air nouveau (de M. Bienaimé).

Lise, au hameau soupirant,
Un jour revoit son amant;
Il revenait de la guerre !
Où témoin de sa valeur,
Son magnanime empereur
L'avait fait légionnaire !...
De sa croix le noble éclat
De Lise ornait la cabane ;
Ah! disait-elle à son soldat,
Suis-je encore (*bis.*) une paysanne ?

D'un beau château du canton
D'Ablimar était le nom ;
Et soudain le militaire,
Des ducats qu'il avait pris
Bravement aux ennemis,
En devint propriétaire.
Avec lui sa Lise part,
Abandonnant sa cabanne !
La jeune dame d'Ablimar
N'était plus (*bis.*) une paysanne !

LA MARQUISE.

La fortune de ce soldat vient d'une source fort honorable ; et votre jeune amie doit être glorieuse de partager ses
richesses et son nom.

HENRIETTE.

Et son nom?... (*Riant.*) Hé!... elle ne partage que ses
richesses.

LA MARQUISE.

Vous venez de dire qu'on la nomme madame d'Ablimar.

HENRIETTE.

Oui , les personnes qui vont dîner chez eux... Mais
dans le pays on l'appelle toujours Lise tout court... ou
quelquefois Lise la coquette.

LA MARQUISE.

Revenons à vous.

HENRIETTE.

Ah ! oui , en parlant de coquette... Alors, voilà donc
que moi, de voir cette petite Lise si brillante, si élégante ,
commander en maîtresse, voilà que je me dis que je serais
bien heureuse s'il m'en arrivait autant, et que j'avais aussi
bien qu'elle une tête à plumes et des épaules à cachemire...

LA MARQUISE, *sévèrement.*

Et en la regardant d'un œil d'envie, vous saviez qu'elle
n'était point mariée?

HENRIETTE, *gaîment.*

Tiens, si je le savais...

Air de Céline.

Un jour donc, étant à ma place,
J'aperçois un jeune homm' charmant ;
Il venait m'offrir avec grâce
Le sort que je désirais tant !...
Il renouvela sa visite,
Et quelque chos' me disait là :
Puisqu'il faut que je sois séduite ,
Autant qu' ce soit par celui-là.

LA MARQUISE.

Je suis étonné que, sans me connaître , vous me fassiez
un tel aveu.

HENRIETTE.

L'embarras où je me trouvais tout-à-l'heure devant tout
ce monde, l'éloge que j'avais entendu faire de vous à l'auberge où je suis descendue, m'ont inspiré cette confiance.

LA MARQUISE.

En ce cas, vous devez savoir que, sans être ni prude ni
dévote, je n'aime pas les jeunes personnes trop faciles à
transiger avec le devoir...

HENRIETTE, *à part.*

Bon, v'là la morale... je l'aurais parié.

LA MARQUISE.

Et comme il n'en est pas de plus sacré que celui auquel

L'Âne mort.   5

vous manquez aujourd'hui, en abandonnant d'honnêtes
parens...

HENRIETTE, *à part.*

Et mon âne Charlot...

LA MARQUISE.

Je dois croire que vous ne me confiez cette première
faute qu'afin que je vous aide à ne pas y donner de suite.
Eh bien, oui, il faut retourner sur vos pas...

HENRIETTE.

Retourner sur mes pas, c'est-à-dire de retourner à
Vanvres... bien obligée!... pour être battue comme
plâtre!... Avec ça que ma tante a une grande main sèche,
des doigts qui sont d'un dur... Quand elle vous donne des
soufflets... oh! ça fait-y mal!...

LA MARQUISE.

Si vous voulez, je vous reconduirai, je demanderai votre
pardon...

HENRIETTE.

On vous l'accordera; et puis quand vous serez partie, on
me donnera ma danse... Je la connais la mère Mullot, elle
est joliment sournoise, allez!

LA MARQUISE.

Je possède en Savoie un château et une terre magnifique;
voulez-vous que je vous y emmène avec moi?... Je vous
marierai un jour au fils d'un de mes fermiers.

HENRIETTE.

Tiens, je serais fermière!

LA MARQUISE.

C'est un état, un sort honorable!... Je me chargerais
d'écrire à Vanvres; vous écrirez aussi vous-même à votre
famille, qui ne pourrait qu'approuver...

HENRIETTE, *hésitant.*

Vous êtes bien bonne... et j'aurais bien envie d'en pro-
fiter... si ce n'était... ce jeune homme... -

LA MARQUISE, *à part.*

Il faut la sauver malgré elle, et ne pas lui laisser le
temps de la réflexion. (*Haut.*) Je devais me mettre en
voyage après demain, ainsi les préparatifs sont presque
faits, et nous pouvons partir aujourd'hui.

HENRIETTE.

Aujourd'hui?

LA MARQUISE.

Aujourd'hui, à l'instant même , si vous voulez... Voulez-vous ?

HENRIETTE , *faiblement.*

Mais... je ne sais pas trop...

LA MARQUISE , *sévèrement.*

Vous pouvez hésiter ?

HENRIETTE , *vivement.*

Non... non... Madame... je n'hésite pas.

LA MARQUISE.

Vous acceptez donc ?

HENRIETTE,

Oui... oui... Madame.

LA MARQUISE , *à la porte de sa maison.*

Oh! là! quelqu'un!... (*Au domestique qui paraît.*) Que l'on mette sur-le-champ les chevaux à la calèche... En partant, je donnerai de plus amples instructions... Allez vite ! (*Le domestique sort.*)

HENRIETTE.

Voyez ce que c'est que de nous, là, au lieu d'aller en Angleterre, je vas aller en Savoie en calèche...

LA MARQUISE , *riant.*

Oh! nous n'irons dans cette voiture que jusqu'à la première poste , où nous attendrons ma chaise...

HENRIETTE.

Il n'y a donc plus à s'en dédire !...

LA MARQUISE.

AIR : *Je voulais pas* (Fra-Diavolo).

C'est décidé, c'est décidé!
Mais non , non , point de violence.
Voyez si votre cœur balance...
Ou si, par trop intimidé,
Il n'a pas brusquement cédé...

HENRIETTE , *faiblement.*

C'est décidé.

LA MARQUISE.

Songez que cet instant vous place
Entre un écueil qui vous menace
Et votre honneur qu'il faut garder.

HENRIETTE.

J' dois m' décider !...

ENSEMBLE.

LA MARQUISE.
A mes avis elle a cédé,
C'est décidé, c'est décidé !

HENRIETTE.
A vos avis, oui, j'ai cédé,
C'est décidé, c'est décidé !

SCÈNE VI.

LES MÊMES, LE DOMESTIQUE.

LE DOMESTIQUE.
Les chevaux sont à la calèche.

LA MARQUISE.
C'est bien.   (*La nuit commence à venir.*)

HENRIETTE, *à part.*
C'en est donc fait... Ce pauvre jeune homme, je crois
que je l'aimais... ou que je l'aurais aimé.

LA MARQUISE.
Venez, ma fille...

HENRIETTE, *hésitant.*
Avec ma veste et ma culotte de peau ?

LA MARQUISE.
Au premier relais, je ferai ouvrir une de mes malles, et
vous reprendrez les habits de votre sexe.

HENRIETTE.
Mais c'est que partir d'ici avec vous comme ça, en jeune
homme... ça va faire des cancans, bien sûr...

LA MARQUISE.
Je n'y pensais pas, et vous avez raison... Je vais vous
envoyer un manteau et un chapeau par ma femme de
chambre; c'est une fille discrète, et je vais lui dire que
vous êtes une jeune personne dont je connais la famille.
Fiez vous à moi, mon enfant, fiez-vous à ma bienveil-
lance; au désir que j'ai de vous sauver du péril le plus
grand... Allons, du courage!... Songez que la sagesse
est préférable à tous les biens.

(*Elle entre dans sa maison.*)

SCÈNE VII.

HENRIETTE, *ensuite* ST.-LEU.

(*Il fait nuit.*)

HENRIETTE.

Est-ce que c'est bien vrai que la sagesse est préférable...

ST.-LEU, *appelant à voix basse.*

Henriette ! Henriette !... Eh bien, partons-nous ?

HENRIETTE, *à part.*

Ah ! mon dieu ! c'est lui !... (*Haut.*) C'est que... c'est que je vas vous dire...

ST.-LEU.

Oui, oui, je sais ça, on vous avait arrêtée comme conspirateur, c'est une bêtise, l'autorité n'en fait pas d'autres ; mais on vient de reconnaître l'erreur, et rien ne s'oppose à notre départ.

HENRIETTE.

Non, je ne puis... attendu que la sagesse...

ST.-LEU.

Ah ! par exemple ! quelle idée !... Si vous me faisiez un tour comme celui-là, je...

ST.-LEU, *montrant un pistolet.*

Je me brûlerais la cervelle, voilà tout.

HENRIETTE.

N' dites donc pas de ces bêtises là... Malgré ma sagesse, pourtant je serais fâchée...

ST.-LEU.

Et moi aussi j'en serais fâché ; j'en serais peut-être plus fâché que vous. Mais si vous manquez à votre promesse...

(*Il arme son pistolet et le met à sa bouche.*)

HENRIETTE.

Arrêtez !...

SCENE VIII.

LES MÊMES, GÉRARD, *entrant par le fond ;* UNE FEMME DE CHAMBRE, *sortant de la maison de la marquise.*

GÉRARD, *tenant un cachemire et un écrin.*

La chaise de poste de Monsieur est prête.

LA FEMME DE CHAMBRE , *tenant un manteau et un chapeau,*
de femme très-simple.

Madame est dans sa calèche, qui attend Mademoiselle.

HENRIETTE.

Ah! mon dieu! mon dieu! qu'est-ce que je dois faire?

LA FEMME DE CHAMBRE.

Voici ce que Madame m'a dit de vous remettre.

GÉRARD , *présentant un cachemire et un écrin.*

Voilà ce que Monsieur vous offre.

HENRIETTE.

Un cachemire! des diamans!... et puis il veut se brûler
la cervelle... Je ne peux pas pousser la sagesse jusque
là... Je me décide pour l'Angleterre... Partons!

ST.-LEU, *vivement.*

Allons, partons!...

(*On va et vient très-vivement.— Henriette a l'air un peu ahuri,*
et comme par mégarde elle va du côté de la maison de la
marquise.)

HENRIETTE , *dans son trouble.*

Ah! mon dieu! je ne sais ce que je fais; je vas en Savoie
au lieu d'aller en Angleterre.

ST.-LEU, *troublé aussi.*

Certainement; c'est par ici...

HENRIETTE , *revenant sur ses pas.*

Allons, c'est décidé... passons la Manche.

ST.-LEU.

Donne-moi le bras...

(*Henriette prend le bras de St.-Leu; ils sortent suivis de*
Gérard. — La femme de chambre rentre. — L'orchestre
joue l'air : Bon voyage, cher Dumollet.)

FIN DU DEUXIÈME ACTE.

ACTE TROISIÈME.

Le Théâtre représente un appartement donnant sur des jardins.

SCÈNE PREMIÈRE.

St.-LEU, LA MARQUISE D'AUSTERVILLE.

LA MARQUISE.

Ainsi, mon cher monsieur de St.-Leu, voilà qui est convenu : vous nommerez rosière ma filleule, ma fille adoptive ?

ST.-LEU.

Oui, madame la marquise, sans avoir jamais vu votre protégée, je vous promets qu'elle aura le prix de vertu... Vous m'assurez qu'elle est jolie ?

LA MARQUISE.

Autant qu'elle est vertueuse.

ST.-LEU.

Alors, c'est un ange... que dis-je! un ange, c'est une vierge que je prends de vos mains, à l'aveuglette!... Vous avez ici une si juste réputation de sagesse... Mais c'est toujours une grande marque de confiance que je vous donne ; car vous savez que je dois épouser celle qui sera couronnée rosière ?

LA MARQUISE.

Et comment ne le saurais-je pas ; vous l'avez fait savoir à tout l'arrondissement.

ST. LEU.

Sans doute !... Il fallait bien informer les *candidates*, qu'elles n'avaient pas besoin de retenir d'avance un mari ; il fallait bien qu'elles sussent qu'on leur fournissait tout, la couronne de roses blanches, et l'époux qui...

LA MARQUISE.

Oui, mais, et la dot ?

ST.-LEU.

La dot?... C'est inutile...

LA MARQUISE.

Air de l'Angelus.

Autrefois quand on couronnait
Une fille innocente et sage,
A la rosière l'on donnait
Une dot pour son mariage.   (*bis*)

ST.-LEU.

Il est certain qu'en la dotant
C'est un époux qu'on lui procure;
Mais cet époux, en ce moment,
Dois-je le donner en argent,
Quand je le fournis en nature.

LA MARQUISE.

Ce cher monsieur de St.-Leu, il est toujours un peu....
(*Avec douceur.*) un peu original.

ST.-LEU.

C'est vrai, madame la marquise, je suis un original; ce
qui ne m'empêchera pas de faire un excellent sous-préfet,
au contraire !

LA MARQUISE.

C'est arrangé, la première sous préfecture vacante est à
vous.

ST.-LEU.

Vous me l'avez promis... et j'y compte; car je sais que
vous jouissez d'un grand crédit au ministère.

LA MARQUISE.

Oui, j'y ai des parens et des amis... Mais ils voudront
connaître votre conduite passée.

ST.-LEU , *à part.*

Ah! aye !

LA MARQUISE.

Vous m'avez souvent parlé de votre voyage en Angleterre... Comment se fait-il que de Londres vous soyez venu
en Savoie?

ST.-LEU.

Ah! mon dieu, c'est par hasard. Je suis venu en Savoie,
et je m'y suis fixé, parce qu'il faut faire une fin; faut tou-

jours finir par se fixer quelque part, à droite ou à gauche...
en Savoie ou en Normandie, ou en Perse, ou Cochinchine,
ou... partout ailleurs.

LA MARQUISE.

Ce n'est pas que depuis deux ans que vous êtes ici, on
ait la moindre chose à redire sur votre moralité...

ST.-LEU.

Eh bien! j'ai été comme ça toute ma vie, même dans ma
jeunesse, dans cet âge orageux des passions fougueuses, où
un cœur de jeune homme est comme un roseau, que le vent
agite ou que le feu dévore ; même dans ce temps-là, jamais la morale n'a eu un cheveu de la tête à me reprocher !

LA MARQUISE.

Sans cela, vous n'auriez eu ni mon estime ni ma protection.

ST.-LEU, *encore dans le feu de sa tirade.*

Je défie la morale la plus sévère, de me reprocher un
cheveu de la tête!... (*A part.*) Faut savoir mentir pour
être sous-préfet !

SCÈNE II.

LES MÊMES, GÉRARD.

ST.-LEU.

Ah! ah! c'est le secrétaire de la mairie!..... Voyons,
qu'est-ce? qu'y a-t-il de nouveau, monsieur le secrétaire ?

GÉRARD.

De pauvres voyageurs, des espèces de montagnards...
Je crois que ce sont des Savoyards ; ayant appris que c'était
aujourd'hui fête dans ce village, demandent la permission
d'y exercer leur innocente industrie.

ST.-LEU.

Et en quoi consiste l'industrie de ces savoyards?

GÉRARD.

Ils ont une lanterne magique, qu'ils disent fort amu-
sante.

ST.-LEU, *à la marquise.*

Pensez-vous, madame la marquise, que les bonnes mœurs
puissent s'accorder avec la lanterne magique?

LA MARQUISE, *gaiement.*

Mais certainement ! cela ajoutera encore aux réjouissances qui doivent célébrer le triomphe de la rosière... (*Bas.*) de votre future.

ST.-LEU, *bas à la marquise.*

Ma future, que je n'ai jamais vue, et que je ne veux voir qu'après la signature, pour vous prouver ma confiance.

LA MARQUISE.

C'est très-bien. Pendant que vous allez tout préparer à la mairie, pour la nomination de ma filleule, moi, pour faire prendre patience à nos jeunes filles, je prétends leur donner ici le spectacle de la lanterne magique.

ST.-LEU.

Voilà qui est très-adroit. Gérard, va vîte prévenir le village de se rendre ici, avec les deux savoyards.

(*Gérard sort.*)

SCENE III.

LES MÊMES, *excepté* GÉRARD.

ST.-LEU.

Cela me donnera le temps d'arranger nos petits bulletins, de façon à ce que la majorité... Vous entendez ?

LA MARQUISE.

Est-ce que vous craignez d'échouer ?

ST.-LEU.

Non, non... je ne dis pas ça.... Mais je dois vous avouer que les vierges de la Savoie sont intrigantes en diable; quand il s'agit d'avoir la rose, chacune a ses protections, sa petite cabale, ses menées secrètes... C'est fort drôle !

AIR : *On n'offense pas une belle.*

Faut voir comm' chaqu' petit' commère
En s'cret fait parler pour ses droits
Chez l' curé, l' sous-préfet et l' maire,
Afin d'accaparer des voix !...
Aux élections que l'on faisait naguère,
Les candidats du ministère
Ne s' donnaient pas plus d' mal, d'honneur.
Oui, l'on intrigue avec ardeur,
Presqu'autant pour faire un' rosière
Que pour nommer un électeur.

Mais soyez tranquille, tout s'arrangera ; je l'espère, au gré
de nos vœux. J'aperçois vos invités qui viennent, je cours
à la mairie.   (*Il sort.*)

SCÈNE IV.

LA MARQUISE D'AUSTERVILLE, HOMMES ET FEMMES.

LA MARQUISE.

Bonjour, mes amis, bonjour... Eh bien! où sont - ils,
ces jeunes étrangers?

UNE PAYSANNE, *qui a été voir.*

Les voici qui viennent.

LA MARQUISE.

C'est très-bien.

(*Elle s'assied. — Tout le monde prend place.*)

SCENE V.

LES MÊMES, HENRIETTE, *en petite savoyarde, tenant par
la main un petit garçon, qui porte une vielle. — Henriette
porte sur son dos une lanterne magique.*)

CHŒUR.

Air de la Gazza-Laddra.

Le plaisir nous rassemble ce soir ;
Quell' surpris' nous allons avoir !
La marquise va nous donner, dit-on,
Le spectacle dans son salon.

CHŒUR.

AIR : *Ah ! Corisandre!* (de la petite Corisandre).

Venez sans crainte,
Dans cette enceinte
On vous attend.
Qu'elle est gentille !...
Pourquoi, ma fille,
Trembler autant?

HENRIETTE.

Tant de richesse et d'opulence
Contraste avec ma pauvreté ;

Et le malheur et l'indigence
Donnent de la timidité.

TOUS, *la rassurant.*

Venez sans crainte , etc.

(*Pendant ce morceau , on a fermé les portes et préparé tout pour
la lanterne magique.*)

LA MARQUISE.

Vous avez éprouvé des malheurs, mon enfant?

HENRIETTE.

Ah oui! j' puis m'en vanter. (*Changeant de ton , et deve-
nant gaie.*) Mais je ne viens pas ici pour vous attrister , j'y
viens pour vous distraire , vous divertir.... (*Riant.*) pour
vous montrer la lanterne magique.

LA MARQUISE.

C'est vrai, mon enfant, commencez donc votre petit spec-
taclé, et je suis sure d'avance que tout le monde le trouvera
intéressant.

HENRIETTE.

Oh ! pour de l'intérêt, je m'en flatte!... (*Elle dispose
sa lanterne magique. — A part, en faisant ses petits préparatifs.*) C'est drôle, il me semble que j'ai déjà vu cette
marquise-là quelque part !...

TOUS , *murmurant.*

Commmencez ! commencez !

HENRIETTE , *gaiement.*

Ah ! ah! voilà le public qui s'impatiente.

TOUS.

La toile !-la toile !

HENRIETTE.

Un petit moment, on va commencer. (*Elle frappe trois
coups. — Le petit garçon joue de la vielle.*) C'est l'ouver-
ture... (*Au petit garçon.*) Assez, monsieur le chef d'orchestre; il ne faut pas que l'ouvertore soit trop longue...
(*Au public.*) On commence... Messieurs et dames! vous
allez voir ce que vous allez voir! ... (*Pendant ce qui va
suivre , les tableaux de la lanterne magique se succèdent, et
chacun représentente ce qu'Henriette annonce dans chaque
description. — Prenant le ton des gens qui expliquent les tableaux d'optique, etc.*) Ce premier tableau vous représente
le village de Vanvres. Vous y voyez Henriette qui revient
de la ville, sur son âne. Vous voyez à gauche, la laiterie

vers laquelle l'animal se dirige... Remarquez Henriette ,
qui tourne la tête , et regarde d'un autre côté....

Air du cantique de St.-Roch.

Dans le lointain , à droit' , sur la grand' place ,
Un jeune homm' riche en tilbury l'attend ;
Henriette est sag' ; mais hélas ! quoiqu' l'on fasse ,
G' n'y a pas d'sagesse qui tienn' contre un amant
    Qui pour séduire
    Offre un cach'mire ,
    D' beaux sentimens ,
    Et de beaux diamans !

Second tableau : Nous voici à la barrière du Combat. On
voit l'arène, où les animaux se déchirent en se carressant,
ni plus ni moins que des personnes naturelles civilisées. Des
gros chiens dogues livrent un combat à mort à un pauvre
âne, qui succombe sous le nombre des assaillans. Parmi les
spectateurs, remarquez Henriette , habillée élégamment
avec une toque et des marabouts, qui s'évanouit, parce
qu'elle a reconnu, dans ce pauvre âne qui expire, son fidèle
Charlot, qu'elle a abandonnée!...
PLUSIEURS JEUNES FILLES , *pleurant , en tirant leurs mou-
choirs.*

Ah ! ah ! ah !...

LA MARQUISE.
Eh bien ! qu'y a-t-il donc , par là ?

UNE JEUNE FILLE , *pleurant.*
Dam' ! ce pauvre âne, ça fait d' la peine !...

UNE AUTRE , *pleurant aussi.*
Au fait, c'est attendrissant !

HENRIETTE.
Ah bah ! vous allez en voir bien d'autres, tout-à-l'heure...
(*Annonçant.*) Troisième tableau :

AIR : *En attendant.*

A l'hôpital
Vous voyez Henriette ,
Triste , inquiète,
En proie au sort fatal !...
Vous qu' la toilette et l'or peuvent seduire ,
Vous le voyez , où ça peut-il conduire ?
A l'hôpital.

Quatrième tableau : Ici la scène change encore, et devient plus attendrissante. La malheureuse Henriette est dans une chambre obscure, livrée à la misère et à la dépravation !... Ce jeune homme, baigné dans son sang, c'est son séducteur qu'elle vient d'assassiner, en lui reprochant de l'avoir enlevée à la douce paix de son village...

AIR : *Voyez sur cette roche.*

« C'est toi qui m'a séduite,
» C'est toi, dit-ell', vil suborneur,
» Qui seul causas mon déshonneur,
» Ma honte et mon malheur !... »
    Puis, saisissant bien vite
    Un couteau frais r'passé, dit-on,
    Elle lui plonge jusqu'au fond !...
        Ah ! ça donn' le frisson !...
    Tremblez !... v'là la pauv' demoiselle
    Emm'né' comm' criminelle
            En prison !
            En prison !

Cinquième et dernier tableau : Vous voyez la rue qui va droit à la place publique ; elle est obstruée par une foule de peuple qui attend la coupable, que l'on a jugée et coudamnée !..... Là-bas, dans le lointain, on aperçoit cette fille assassine, que l'on conduit au supplice... Ce qui vous prouve que tôt ou tard, quand la vertu a bronché...

(*L'explication est interrompue par St.-Leu, que l'on entend appeler au-dehors :* Madame la marquise! madame la marquise !)

SCENE VI.

LES MÊMES, ST.-LEU.

ST.-LEU, *entrant éperdu.*

Madame la marquise!

HENRIETTE, *reconnaissant St.-Leu.*

Grand dieu !

L'ENFANT.

Qu'as-tu, maman?

HENRIETTE.

Voilà ton monstre de père! mon enfant. (*L'enfant veut courir à lui, Henriette l'arrête, en lui disant :*) Chut!

LA MARQUISE.

Que se passe-t-il donc, monsieur St.-Leu ?

ST.-LEU, *sans faire attention à Henriette.*

Apprenez, madame la marquise, que nos élections vont tout de travers... Chaque amant soutient que sa maitresse seule mérite la rose... Si vous ne paraissez, nous sommes menacés d'une émeute, dont l'amour sera le premier agent provocateur.

LA MARQUISE, *souriant.*

Il suffit, je vais me montrer aux rebelles... Allez les en prévenir.

ST.-LEU, *s'en al'ant en courant.*

J'y vole!... Voilà un rose qui m'aura fait courir, elle peut s'en flatter. (*Il sort.*)

SCÈNE VII.

LES MÊMES, *excepté* ST.-LEU.

HENRIETTE.

Comment! il ne fait seulement pas attention à nous... Ah! le traître!... Madame la marquise, veuillez m'entendre, j' vous en prie!...

LA MARQUISE.

Plus tard, mon enfant... Vous voyez que je suis pressée....

HENRIETTE.

C'est que ça presse aussi, chez moi.

LA MARQUISE, *aux villageois.*

Eh bien! mes amis, allez m'attendre à la mairie.

(*Les villageois sortent. — L'orchestre reprend piano, le chœur de la Gazza-Ladra, qui commence la scène cinquième.*)

SCÈNE VIII.

HENRIETTE, LA MARQUISE D'AUSTERVILLE, L'ENFANT.

LA MARQUISE.

Maintenant, mon enfant, je vous écoute. Parlez vite.

HENRIETTE.

Madame la marquise, est-ce que vous ne me reconnais-
sez pas?

LA MARQUISE.

Attendez donc... mais oui... Vous êtes cette jeune fille
que je voulus autrefois arrêter sur les bords de l'abyme?

HENRIETTE.

J'y suis tombée, dans c't'abyme... et voilà les fruits que
j'en ai retirés, madame la marquise. (*Lui présentant son fils*)
Un garçon de trois ans. (*A son fils.*) Leuleu, faites un beau
salut à Madame.   (*L'enfant salue.*)

LA MARQUISE.

Pauvre petit!... Et votre séducteur, comment se nom-
mait-il?

HENRIETTE.

M. de St.-Leu, Madame.

LA MARQUISE.

M. de St.-Leu!... Lui qui encore ce matin me vantait
ses mœurs, sa probité... Lui que j'ai fait nommer maire
de cette commune!...

HENRIETTE, *donnant des lettres à la marquise.*

Ah! il est maire!... Eh bien! voilà ses lettres, qui vous
prouveront qu'il est père.

LA MARQUISE.

Il est père, et il a pu abandonner son enfant!...

HENRIETTE.

Et ça, parce je voulais absolument qu'il m'épousât.

LA MARQUISE.

C'était son devoir! c'était le seul moyen qui lui restait
de réparer ses torts; car c'est affreux de tromper une jeune
fille, et de la rendre... Ah! quelle horreur!

HENRIETTE.

C'est ce que je lui disais : Epouse-moi donc, Leuleu, que
je lui disais toujours; voyons, marions - nous une bonne
fois pour toutes, et que ça finisse!... Ah! bien oui!...

LA MARQUISE.

Le misérable!

HENRIETTE.

Alors moi, un beau matin que j'avais la tête montée, je
lui ai dit : Décidément, Monsieur, je suis lasse de la vie
que vous me faites mener; je veux être mariée en légitime

mariage, à cause des mœurs... et des cancans!... — Eh
bien! moi, a-t-il répondu, je ne le veux pas!... — Là-
dessus il m'a plantée-là avec mon petit Leuleu ! et voilà!...

LA MARQUISE, *sévèrement.*

Et depuis votre séparation, votre conduite a-t-elle été
constamment irréprocable?

HENRIETTE.

Oh! pour ça, je vous le jure! (*A part.*) D'ailleurs, ça serait autrement, que ce ne serait pas à elle que je le dirais,
tiens!

LA MARQUISE.

Dites-moi donc ce qui a pu opérer dans votre cœur ce
retour à la vertu?

HENRIETTE.

Un livre qui appartenait à M. de St.-Leu. C'est tout ce
qu'il me laissa en partant, avec un cachemire et un enfant;
j' vendis l' cachemire pour acheter cette boutique, qui nous
fait vivre... Quant au livre, il ne m'a jamais quitté depuis.

LA MARQUISE, *étonnée.*

Je serais curieuse de connaître cet ouvrage; il doit être
bien édifiant... *La Morale en action*, peut-être... ou *l'Imi-
tation*?... ou...

HENRIETTE.

Eh! non du tout, c'est un roman, dont l'héroïne m'a ser-
vie à composer les tableaux de mon petit spectacle.

LA MARQUISE, *étonnée.*

Vraiment!...

HENRIETTE, *tirant le volume de sa poche.*

Voyez, voici l'ouvrage édifiant.

LA MARQUIE, *lisant le titre.*

Miséricorde!.. *L'Ane mort et la Femme...* Quoi! Henriette, c'est ce roman qui vous a convertie?

HENRIETTE.

Oui...

Air de la romance de Léonide.

J'ai vu là-d'dans qu'une coupable fille
Expie enfin ses erreurs ici-bas;
J'ai vu comment sans guide, sans famille,
Du vice au crime elle n'a fait qu'un pas.
C'est ce pas-là que j' n'ai pas voulu faire;
J' suis égarée, ai-je pensé soudain,

L'Ane mort.   7

Mais un repentir bien sincère
Doit m'aider à r'trouver mon ch'min.

LA MARQUISE.

Oui, mon enfant, oui, il est toujours temps de se repentir.

HENRIETTE, *gaiement.*

Au fait, vaut mieux tard que jamais.

LA MARQUISE, *vivement.*

Comment donc ! mais certainement !... Et j'entends et
je prétends que votre honneur soit réhabilité ! M. de St. Leu,
comme magistrat, doit une grande réparation aux mœurs !

HENRIETTE.

Et à moi donc... Ah !...

LA MARQUISE.

Et qu'est-ce qui doit l'exemple de la résignation, si ce
n'est celui...?

HENRIETTE.

Oui, celui qui... Enfin suffit...

LA MARQUISE, *vivement.*

Le voici qui vient. Entrez dans cet appartement, j'ai mon
projet... C'est le seul moyen de mettre tout le monde
d'accord.

HENRIETTE.

Ah oui ! madame la marquise, faites-lui réparer l'échec
qu'il a fait à ma vertu. Arrangez ça pour le mieux, faites
comme pour vous.   (*Elle emmène son enfant*)

SCÈNE IX.

LA MARQUISE D'AUSTERVILLE , St.-LEU , *entrant par
le fond.*

ST.-LEU , *tout effaré.*

Madame la marquise, hâtez-vous donc !... les têtes sont
montées... les poings sont fermés... enfin l'exaspération
est à son comble !

LA MARQUISE, *d'un air sévère.*

Soyez tranquille, monsieur de St.-Leu ; je suis certaine,
avec deux mots, de calmer tous les esprits.

ST.-LEU.

Ah bath !... Eh bien ! moi je leur en ai dit plus de cent.

Il paraît que je n'avais pas trouvé les bons..... Voulez-
vous bien me permettre d'avoir l'honneur de vous offrir la
main?

LA MARQUISE, *sévèrement.*

C'est inutile... Je vous prie seulement de vouloir bien
attendre ici le résultat de ma démarche... Je ne tarderai
pas à revenir avec la rosière... Profitez de ce temps - là
pour préparer votre discours, sur les avantages d'une bonne
conduite... Parlez souvent de sagesse et de vertu.... Ça
ne peut jamais nuire... entendez-vous.

(*La marquise sort.*)

SCÈNE X.

St.-LEU, *seul.*

Oui, certainement, je parlerai de la sagesse et de la
vertu ; comme maire, je ne peux pas m'en dispenser...
Quand je serai sous-préfet, je parlerai dans mes discours
de mon amour pour le gouvernement... Et si jamais j'ar-
rivais au ministère... Oh! pour lors, ce serait du dévoue-
ment tout pur, pour le roi et pour le pays.... Voilà, je
crois, comme on doit choisir et ses mots et ses affections.

SCENE XI.

St.-LEU, GÉRARD.

ST. LEU.

Ah! te voila... Eh bien! comment cela marche-t-il, là-
bas ?...

GÉRARD.

Très-bien! très-bien!...... Madame la marquise n'a eu
qu'à parler bas aux principaux récalcitrans, et tout a été
fini...

ST.-LEU.

Et qui nomme-t-on rosière ?

GÉRARD.

Celle que propose madame la marquise.

ST.-LEU.

Ah! enfin je vais donc posséder une femme, à qui les

concitoyens auront décerné un prix de sagesse... Une femme, modèle de candeur et d'innocence... Je ne serai pas fâché de savoir une fois dans ma vie... J'y ai été si souvent trompé... Mais j'ai pleine confiance aujourd'hui dans les rosières.

GÉRARD.

Oui, comme il y a quatre ans, dans les laitières.

ST.-LEU.

Oh! les laitières, quelle différence!..... Si je te disais que cette laitière que j'ai enlevée il y a quatre ans..... Mais non, j'aime mieux te parler de mes espérances... Apprends donc... Tu m'es attaché, Gérard?

GÉRARD.

Moi?... Je te suis attaché pour la vie!

ST.-LEU.

Pour la vie!... Nous sommes alors comme qui dirait : *Oreste* et *Pylade*.

GÉRARD.

Il est fâcheux seulement pour *Pylade* qu'*Oreste* ne soit qu'un petit maire de campagne.

ST.-LEU.

Air de Picaros et Diego.

Va, ne crains pas qu'à ce poste je reste ;
Si tu savais tout ce qu'on me promet...
Oui, cher Pylade, apprends que ton Oreste,
A l'espoir d'être un beau jour sous-préfet!

GÉRARD.

Et comme Oreste, je l'augure,
De sous-préfet d'viendra préfet,
Alors Pylade sera fait
Secrétaire de préfecture.

ENSEMBLE.

GÉRARD.

Je suis heureux, mon cher, je te l'atteste,
C'est un plaisir, c'est un bienfait,
Lorsque Pylade apprend que son Oreste
A l'espoir d'être un beau jour sous-préfet.

ST.-LEU.

Va, ne crains pas qu'à ce poste je reste, etc.

GÉRARD.

Il paraît que tout est terminé ; le cortége se dirige de ce côté.

ST.-LEU.

Il me semble que je brûle déjà , Gérard.

SCENE XII.

LES MÊMES, LA MARQUISE D'AUSTERVILLE, HEN-
RIETTE, *en costume de rosière, et couverte d'un voile
blanc ;* HOMMES ET FEMMES SAVOYARDS.

CHŒUR.

Air du Concert à la cour.

Salut à la plus sage !
Salut ! salut à son époux !
Puissent-ils en ménage
D'hymen toujours bénir les nœuds !

LA MARQUISE.

Monsieur de St. Leu, voici la femme à qui le village a cru
devoir aujourd'hui décerner la couronne ; elle mérite plus
qu'une autre le titre de votre épouse.

ST.-LEU.

Ah ! vous me voyez confus de tout l'honneur... et l'honneur que j'éprouve est tel que... Permettez-moi de rem-
plir mes fonctions de maire... (*A Henriette, qui est voilée,
et qu'il ne reconnaît pas.*) Jeune fille, mettez-vous à genoux...
Gérard, passe-moi la couronne virginale. (*Gérard lui présente la couronne sur un coussin ; St. Leu, allongeant la main
pour la prendre, mais en regardant d'un autre côté, prend
le coussin, et dit bas à Gérard :*) Fais donc attention, tu
me donnes le coussin... (*Il prend la couronne, et la pose
sur la tête d'Henriette. — Après avoir couronné la rosière,
il dit en pleurant :*) Mes chers administrés, c'est avec des
larmes dans la voix que je vais vous haranguer... (*Pleurant plus fort.*) Oui, chers et honnêtes Savoyards... et
intéressantes Savoyardes ! la récompense que vous offrez
en ce moment par nos mains, est un honneur qui rejaillit
sur le canton tout entier... d'autant plus que jusqu'à ce
jour, ce prix institué par madame la marquise, n'avait pu

être mérité dans son entier ; que des *accessits* seuls avaient été adjugés, comme prime d'encouragement ; et pour multiplier encore cette émulation chez vous, beau sexe naturellement trop sensible, j'ai décidé et arrêté, tout seul, en conseil municipal, que j'offrirais ma main et mon nom à celle qui aurait vos suffrages, comme étant la plus sage et la plus vertueuse !...

SCÈNE XIII ET DERNIÈRE.

LES MÊMES, L'ENFANT.

L'ENFANT, *accourant en criant.*
Maman ! maman ! maman !

ST.-LEU.
Qu'est-ce donc que cet enfant-là ?

LA MARQUISE.
Monsieur de St.-Leu, c'est le fils de la rosière.

ST.-LEU, *très-étonné.*
Le fils de la rosière !... comment ! le fils de la rosière !... Qu'est-ce que ça veut dire ?... Est-ce qu'une rosière doit se permettre de ces plaisanteries-là ?...

LA MARQUISE, *levant le voile qui cache Henriette.*
Il est temps que vous connaissiez votre femme.

ST.-LEU.
Ciel ! Henriette !...

HENRIETTE.
Oui, Leuleu ! c'est moi !

LA MARQUISE, *bas à St.-Leu.*
Songez qu'il faut des mœurs, pour être sous-préfet.

ST.-LEU.
Est-ce qu'il en faut beaucoup ?

LA MARQUISE.
Certainement.

ST.-LEU.
C'est juste !... Viens, chère épouse, sur mon cœur.

HENRIETTE.
Et le petit ?...

ST.-LEU.
Le petit aussi... il y a place pour tout le monde.....

Comme il est gentil... Est - ce que vous trouvez qu'il me ressemble, madame la marquise?

LA MARQUISE.

Mes enfans, ainsi que je vous l'ai promis, on procédera demain à la nomination et au couronnement d'une autre rosière.

ST.-LEU.

Ah oui! parce que celle d'aujourd'hui...

HENRIETTE, *lui pinçant le bras.*

Celle d'aujourd'hui vous prie de vous taire!

ST.-LEU.

Oh! la! la! ne pince donc pas si fort!... Je veux dire que celle d'aujourd'hui n'empêchera pas qu'il y en ait une demain... parce que ça ne fera toujours qu'une.

HENRIETTE.

C'est bon!...

ST.-LEU.

Puis-je savoir enfin, chère et tendre amie, à qui je dois le bonheur de te retrouver?

HENRIETTE, *prenant le livre qui est sur le coussin.*

A çà!...

ST.-LEU.

Qu'est-ce que c'est que ça?

HENRIETTE, *lui donnant le livre.*

C'est votre livre... Lisez!

ST.-LEU, *lisant.*

L'Ane mort et la Femme guillo... Par Monsieur J. J.... Je remercierai Monsieur J. J. la première fois que j'aurai le plaisir de le rencontrer.

CHŒUR FINAL.

AIR : *Fragment d'un chœur de la Fiancée.*

Q'ici la vertu brille!
Quel triomphe plus doux!
Faut êtr' mèr' de famille
Pour être rosièr' chez nous!

(*Henriette et St.-Leu présentent leur enfant au public ; il reste entr'eux deux pendant le couplet suivant.*)

HENRIETTE, *au public.*

AIR : *Vaudeville de l'Album, ou des Frères de lait.*

De l'âne mort...

ST.-LEU, *même jeu.*

D' la femm' qui perd la tête...

HENRIETTE.

L'ouvrage est noir...

ST.-LEU.

C'est un roman de mœurs...

HENRIETTE.

Si vous avez lu l'histoire d'Henriette...

ST.-LEU.

Et si vous fût's attendri d' ses malheurs...

HENRIETTE.

Au Panthéon venez sécher vos pleurs...

ST.-LEU.

Nous braverons les traits de la satyre...

HENRIETTE.

Et nous n'aurons plus rien à désirer...

ST.-LEU.

Si la pièce vous a fait rire...

HENRIETTE.

Autant que l' roman fit pleurer.

TOUS.

Puisse la pièce ici vous faire rire
Autant que l' roman fit pleurer.

FIN DU TROISIÈME ET DERNIER ACTE.